炫目者

Translated to Chinese from the English
version of
Dazzlers

Elanaaga

Ukiyoto Publishing

所有全球出版权均由

浮世出版社

发布于 2023 年

内容版权所有 © Elanaaga

ISBN 9789359209654

版权所有。

未经出版商事先许可,不得以任何方式(电子、机械、复印、录制或其他方式)复制、传播本出版物的任何部分或将其存储在检索系统中。

作者的精神权利得到了维护。

这是一部虚构的作品。名称、人物、企业、地点、事件、地点和事件要么是作者想象的产物,要么是以虚构的方式使用的。与真实的人(活着的或死的)或真实事件的任何相似之处纯属巧合。

出售本书的条件是,未经出版商事先同意,不得通过贸易或其他方式出借、转售、出租或以其他方式流通本书,不得以任何形式的装订或封面形式(除原版外)。发表。

www.ukiyoto.com

致我的密友 D. Narayana 博士（迪拜）。

内容

活尸	1
实现	2
改变	3
转瞬即逝的喜悦	4
侵扰	5
敏感的表情	6
数量-质量	7
幻灭	8
效果	9
表现	10
财富小姐	11
荒谬	12
立场——成功	13
更大的考验	14
"**喜欢所有**"综合症	15
时间教导	16
痛苦——快乐	17

吉祥如意	18
固有的	19
难以猜测	20
正确的补救措施	21
不兼容	22
喜悦	23
畸变	24
神圣的哭泣	25
努力-效果	26
成熟的	27
核心商品	28
不满	29
尝试-结果	30
防护罩	31
洞察力	32
差距	33
隐蔽性	34
祸根 – **恩惠**	35
方差	36

住宅 - 它们的角色	37
区别	38
四十眨眼的财富	40
伟大的破坏者	41
不同的辨别力	42
和谐之福	43
地方的力量	44
经验——结果	45
年老的好处	46
辉煌——贬低	47
表面光泽	48
显赫地位	49
湿气会造成	50
想知道	50
Facebook – **真正的**钩子	51
假直射手	52
成绩	53
炒作 – 辐射	54
文字——价值	55

诗歌 – 诗人	56
不成熟的诗	57
守财奴	58
圆圈	59
侵犯	60
沉重的痛苦	61
草垛	62
枷锁时代	63
疲劳	64
外在魅力	65
差异	66
新真理	67
缺点	68
麻烦	69
冷漠——后果	70
魅力之源	71
外在的光芒	72
关于作者	73

活尸

尽管有眼睛
我看不到美丽的事物
虽然我有耳朵
我听不到甜蜜的音符
我有一颗心
但里面并没有产生任何感情
尸体不比我好吗？

实现

变得富裕了
我尝遍了所有的奢侈
但和一个乞丐度过了一天
谁是美德的典范
我发现我是最穷的

改变

我手里拿着剑奔跑
砍下傲慢之人的头
却被他深情的笑容所感动
向他献花,
跪倒在他的脚前
然后回来了。

转瞬即逝的喜悦

我欣喜若狂
当我到达陆地表面时
来自深邃的峡谷，
但很快就悲伤地意识到
我得去爬一座山。

侵扰

抛开主旨
有些话突兀地冲过来
在诗歌中走在前面；
总是这样的知识
应该出现在诗人的脑海里。

敏感的表情

他庆幸自己拥有
最白皙的肤色
在全班。
但当一个更漂亮的男孩加入时,
他的脸色"变黑了"。

数量-质量

一位诗人如此大肆宣扬：
"我写了成堆的书。"
重要的是质量，而不是数量，
他应该意识到。

幻灭

繁荣的需要是一块鹅卵石,
缺乏满足感是一座大山。
创意之运是太阳;
舒适材料的含量,
只是一盏烛光。

效果

当他还是一名园丁时,
茉莉花在他的呼吸中绽放。
但当他成为俱乐部的职员时
只有货币的臭味盛行!

表现

坐在封闭的房间里,
我打开了一份报纸。
外面的世界
摊开在我面前。

财富小姐

他悲痛万分，
　因为他没有梯子
　现在好时机到了，他得到了一个。
　但不能使用它
　因为他卧床不起

荒谬

当呆滞的头转动时
在一辆全新的奔驰车里
所有的头都转向它
但没有人愿意看一眼
一座博学之山
骑着摇摇晃晃的踏板车
这只是一个常见的事件

立场——成功

我的敌人像老虎一样咆哮，
像狮子一样跳了起来。
勇敢，我是。
但后来当他
保持着严肃的冷静
我害怕得发抖

更大的考验

我完成了考试
现在正在准备更大的测试
那是什么?
等待结果
考试的!

"喜欢所有"综合症

我很困惑
当我在 Facebook 上看到大量"点赞"时
没有什么是不喜欢的!
这难道不是一个无法破解的谜吗?

时间教导

直到责任让我害怕
没有意识到童年的可贵
直到我在密林深处迷失方向
我没有意识到后院的乐趣

只有当火焰燃烧时
雪的价值也许是已知的

痛苦——快乐

我很厌恶；
一场又一场的胜利降临在我身上。
心疼的我
因为失败已离我而去

也许是痛苦
比痛苦的快乐更好

吉祥如意

那个沙漠
大胆梦浓云
值得祝贺
雨滴的花环

固有的

性格决定人

一个喜欢匕首的人
不喜欢同情心
另一个养兔子的人
厌恶残忍

难以猜测

当月亮躲在云层后面时
我们可以知道
但有时却无法猜测
某人的话背后是什么

正确的补救措施

最近,整个世界都
在我看来是黑色的
人、环境——一切
我周围很黑暗

我思考了很多
并选择了正确的补救措施:
洗去阴霾
累积在我内心

不兼容

他的心像黄油一样柔软
但锋利如刀
刀不能软
也不能化身为黄油
唉，结果是——
他每天都在和自己作斗争

喜悦

这首歌是《恒河》
拉格是一个木筏
笔记是福利
而且旅途是快乐的

畸变

当我过着乞丐的生活时
我只想吃东西,没有别的。
现在我有足够的食物了
看哪,我的心渴望一辆自行车!

神圣的哭泣

每当我读到伟大的诗歌时,我都会哭泣
每当我听到美妙的音乐时,我都会流泪
每当我遇到人性化身时,
我呜咽着

经过这么多的哀嚎之后
我的心变得多么圣洁啊!

努力-效果

埋枪的地方
那里长出了一棵子弹树。
撒下爱的种子
在你的心田里,我的朋友。
感情丰沛地生长

成熟的

他像一头愤怒的公牛一样咆哮
在小镇的街道上。
到家时
孩子们热烈欢迎
立刻,他的铁石心肠
像冰一样融化了!

核心商品

言语只是外壳
在诗歌中
确实,为了他们,我们应该奋斗。
但没有什么比这更重要
核心成分

任何诗歌都无法发芽
在干涸的心里

不满

让语言成为一条线索
我串起文字,制作诗歌花环
它们变成了香线
但言语不恰当
变成了嘶嘶声的句子
然后跳起来咬我

尝试-结果

甜蜜的音符被分泌出来
只有当竹子受伤时
种子带出油
只有在被殴打时

严谨的劳作
需要良好的结果

防护罩

如果你夸奖他
他只是微笑
如果你批评他
他只是微笑
如果你斥责他
他只是微笑
如果你打败了他
他只是微笑

微笑是坚强的紧身胸衣
一直在保护他内心的自我
来自花束和砖块

洞察力

甜蜜的*拉格斯*无法从
金制成的长笛
玫瑰花瓣派不上用场
用于烹饪任何咖喱

货币价值
马人的看法

差距

这是一个不平等的世界
在这里,一条大鱼吞没了一条小鱼
本身被更大的吞噬了
同样的道理,一个高个子
被一个更高的人愚弄
每个人都必须付出努力,
分阶段前进一英寸
并尝试触摸天空

隐蔽性

大海看起来很平静
但它可能隐藏着火山；
有些人看上去泰然自若
虽然重磅炸弹在里面爆炸

那里没有仪表
可以测量
内部破坏

祸根 – 恩惠

如果生命必须依赖

论工资，这是一个悲剧

因爱而坚强

而不是靠富裕

才是真正的繁荣

方差

心踏在人行道上
当大脑在云端旅行时

一个是伟大的
另一个还不错

住宅 - 它们的角色

长期呆在自己家里
感觉就像去农家乐
但是,无法继续那里
想要回家

诗歌对我来说就是自己的家
而翻译是农舍

但是,最近
他们交换了角色

区别

天上飞的鸟并不伟大
因为它有翅膀
一只风筝在天空中飘荡
也不是很好
因为它有一条绳子
爆竹射入韦尔金
也不奇怪
因为里面有火药
一架飞机在高空飞行
也不是奇迹
因为它是利用燃料的力量来做到这一点的

但诗人的想象力
触摸天空确实很棒

因为在无人辅助的情况下
在实现这一壮举的过程中

四十眨眼的财富

尝试睡在柔软的床垫上
在空调房里,我很失败。

嫉妒是我剩下的
当我看到穷人时
像木头一样睡在硬土上

伟大的破坏者

没有什么比舌头更具破坏性的了

一句话
可以对许多人心造成严重破坏
一句话就够了
引起剧变

不同的辨别力

当我看到印度进入美国时
我非常高兴
但一看到美国
渗透到印度
我感到忧郁

一个是我们进取心的标志
而另一个
使我们的文化遭到毁灭

和谐之福

贬低名词
有一个形容词夸口说:
"你的前程只有我"
这个名词转入地下
多年未归
这个形容词闷闷不乐地坐着
并思考:
"仅凭一个名词我就感到荣耀
只要有一个名词,我就有诚信"

地方的力量

八个密码排成一排
在数字一的左边
后者嘲笑零:
"你的存在只有在我身上。
没有我你的价值就毫无意义"
讨论的密码
并从左向右迁移
现在,
数字一已经没有了
除了变得拉长脸

经验——结果

一篇文章被发送到一家杂志
供评估和出版
杂志没有印出来
长期搁置
这篇文章是否留在其创建者手中
它会得到日常关注
长期无人照顾而憔悴
几个月后它又回来了
它的创造者感叹
每天都参加
文章开始闪闪发光
但拒绝去看新杂志

年老的好处

无法通过密码测试的我
梦见没有密码的旧时光

在那些旧时光里
通过很多,失败很少

辉煌——贬低

厚厚的书皮
总是说贬义的话
关于内页
但是，内页可能包含
深奥的事情
书的封面闪闪发光
是金属丝表面的闪光

表面光泽

皇冠嘲笑鞋子
但是,皇冠在现实中并没有多大用处
鞋子很有用,不是吗?

显赫地位

确实如此
那辆公共汽车比行人更快
火车比公共汽车，比火车简单
和航天器比飞机。
但，这只是一个行人
谁可以移动没有
立即需要燃料

湿气会造成
想知道

深奥的诗无法诞生
心中无细雨
起泡的胸部无法变湿
用不湿润的言语

Facebook – 真正的钩子

一旦被 Facebook 的 bug 咬了一口,
你的大脑会开始生病。
哪怕一天也不能休息,
大脑的平静将永远受到阻碍。

假直射手

有的人气愤地说
愤怒确实很不好！
可怜的家伙们，他们是瞎子
对于他们的缺陷，这是可悲的。

成绩

有些人是穷人,无法
输入(投资数千卢比)
商业。
其他一些人可能会投资数千美元
但连几百都拿不回来

炒作 – 辐射

我认为自己是一位伟大的诗人
让其他人也这么说。
四十年后,
我的名字渐渐被遗忘;
另一个人写的
情况有所好转但仍保持冷静
闪闪发光。

文字——价值

我筛了一碗言语，
从他们中挑选了一把
写一首诗。
这首诗写得很好
我没有扔掉
剩下的话。
他们在一首诗中很相配
这是我第二天写的！

任何一个字都不能被丢弃
永远，也许！

诗歌 – 诗人

诗是一朵花
迷人的倒影
诗人发动战争
反对不愉快的想法
他,因此,
体现了美
在所有场合

不成熟的诗

诗意的思想应该不断成长
就像钢笔子宫里的胎儿一样。
只有完全长大后
它应该诞生。
足月前出生的婴儿
过早且常常虚弱

守财奴

我最喜欢那个吝啬的诗人；
我也有点嫉妒
他花更少的钱得到更多的好处
虽然我花的多，收获的少
我们为什么要花更多钱？
这些话，我的意思是。

圆圈

看到这两周
光明与黑暗，
我们应该按
生活充满坎坷。
喜马拉雅山上的雪
冬季积累
并在夏天融化

侵犯

侵占城墙,
顽固的政治家
驱逐了一只猫。
猫科动物感到害羞

沉重的痛苦

很难描述痛苦
没有下雨的云彩。
下过雨的人是幸运的；
减轻别人的负担
并不像我们想象的那么容易。

草垛

我很疲倦
随着寻找针
在这个干草堆里。

令人恐惧的令人厌恶的图片,
类似单行线的短弦,
里面没有水的干椰子 -
都已经堆积在这大海捞针里了
使搜索变得困难

然而,我不想停下来。
微弱的希望,针
可能会发现徘徊在周围!

***

枷锁时代

看不见的手，纽带
内心本能的束缚
心里不安很大。

诗人选题的桎梏，
为精神抖擞的思想家提供信仰的枷锁，
那些对成熟男人的偏执……

我必须挣脱束缚

好日子什么时候到来？
人什么时候才能摆脱束缚呢？

***

疲劳

我,在烈日下旅行
镇外的一个下午……

那里有高大的棕榈树,
但它们能提供多少阴影呢?
当我气喘吁吁、汗流浃背时,
一棵小芒果树热情地邀请我。

这个世界上总有一些安慰者

在凉爽的树荫下休息,
我看着棕榈树。

***

外在魅力

周围有石头砌成的围墙，
一口井吸引着围观者。

光滑的水泥地面，美丽的植物
装饰了它的周围。
其优美的滑轮令人心旷神怡

人们成群结队地涌来
去看那口著名的井。

可是这口井早就干涸了！

     ***

差异

不同的人有
衡量标准不同。
哪怕是一个人的标杆
可能会随时间而变化。
打破谜团
衡量标准是一个很大的挑战。

新真理

抓老鼠
挖一座山并不愚蠢
当老鼠抓住时
虽然很小,但很特殊。

缺点

我使用了部分已知的单词
在我的诗里。
我并不完全了解他们的本性。
所以，
这首诗缺乏感情

麻烦

歧视是一条蛇,
青蛙的判断力。
青蛙生气了
如果蛇被要求咬。
蛇生气了
如果要求放弃!

***

冷漠——后果

提塔拉什特拉的冷漠
在哭泣的德拉帕蒂面前
是森林火灾的种子,
这会烧伤考拉瓦斯。

魅力之源

怪诞并没有消失
如果镜子被放逐。
美不发芽
在没有美丽种子的土壤中
即使浇水。

外在的光芒

坐在头上，
头饰看着脚链
并窃笑。
后者一脸羞愧地走了出去
散发出美妙的音符。

王冠恶魔般地舞动，
珍惜脚链的侮辱。
但没有音乐也没有美
存在于它的腾跃中。

***

关于作者

埃拉纳加

Elanaaga 是一个笔名。作者的真实姓名是 Surendra Nagaraju 博士。他是一名儿科医生，但现在全身心投入创意写作、翻译和批评等领域。迄今为止，他已写了 33 本书。其中 15 篇是原创作品（主要是泰卢固语），18 篇是翻译作品。其中，8 个是从英语到泰卢固语，10 个是从英语到泰卢固语。除了诗歌和翻译之外，他还写有语言礼仪、古典音乐等书籍。他渲染了拉丁美洲故事、非洲故事、萨默塞特·毛姆的故事、世界故事等等。

www.ingramcontent.com/pod-product-compliance
Lightning Source LLC
LaVergne TN
LVHW041542070526
838199LV00046B/1791